叶辛中篇小说选

典藏版

秘而不宣的往事

——— 叶 辛 著 ———

中国出版集团 东方出版中心

秘而不宣的往事

一

那一天夜里，一阵惊呼狂叫把我从沉沉的醋睡中惊醒。

白天喝的过量的包谷烧酒劲儿没散尽，我的脑壳沉得像有人用绳子拴住了颈子般，抬也抬不起来。喉咙里如同烧着一把火，又好似什么毛刷子在撩，渴得难以忍受。

"喝呀，俊生，人生难得几回醉哪，哈哈哈！"

"男子汉大丈夫,怯酒,嘀嘀,叫人扫兴!"
…………

眼前又晃过一张张泛着红光的脸,他们那粗粗细细、高高低低的嗓门,同此刻寨子上响起的呼叫声混成了一片。

我的身子在往深渊里沉,我的脑壳也在往深渊里沉,那无底的深渊里有一片诱人的闪烁光芒的水,那是清潭,喝上一口能解渴,能摆脱烧灼般围裹着我的烘热。我合上了眼睑,任凭自己往下沉去。

可震耳的呼喊还在继续着,像有脚在踢着我的脑壳,我的神经被一片嘈杂的脚步声惊得紧张起来,似要把满寨掀翻的喧哗终于逼着我睁开了双眼。

耳管里是一片静寂,笼下的帐子里和帐子外头同样是一片漆黑,伸手不见五指的漆黑。

是在做噩梦，是在酣睡中听到有人嚷嚷，不会啊！梦有这么真切吗。

正在困惑中，那惊风扯火的吼叫声又响了起来，只不过离得远，听不大清晰。

我条件反射般地坐起了身子，一只手撩开帐子，另一只手抓起衬衣便往身上穿。

不是我动作利索，实在是我习惯成了自然。我居住的干打垒泥墙茅屋，紧挨着寨子中心的分配点大院坝。青麻石铺砌的，缝隙之间用水泥涂抹得严丝密缝的院坝里，不论是遇到小季收麦子、收菜籽、收洋芋，还是秋收时节挞来谷子、收上黄豆，都要挑到大院坝里来，将就平顺的地面铺开，晒上几个太阳，盘过秤，再按家按户按工分多少分给满寨的农民。白天，大院坝是寨子的活动中心，人来人往,络绎不绝,还有专职会计和过秤的社员在场监督。到了夜间,堆在大院坝里的粮食就需人看守。看守的人并没多少事情,只要用晒席盖上粮食,然后抱一床铺盖来,摊在粮食旁睡下就是。看守谷子或麦子的人,任务是两个:一个是不讲自明的,防盗;另一个是具体的,随时会遇上的,那便是防止老天下雨淋湿粮食。一旦下了雨,两个看守粮食的人就得及时喊醒满寨社员,动员满寨人出来,把堆在院坝里的成千甚至成万斤的粮食撮进仓库里去,免得淋得透湿,把一年劳动成果都捂烂了。自有集体经济以来,已经形成了不成文的规矩,只要看粮食的人放声一喊,满寨劳力都会拥出来,冒雨迎风将粮食往仓库里齐心协力地搬运。我们接受贫下中农再教育的知青,也毫无例外地顺从了这一习惯。

跳下床穿好了衣裳,我才意识到自己的行动过于唐突。那声声吼叫是惊人,但绝不会是落雨天抢粮。逢到场坝上堆起粮食遭雨淋的时候,大院坝里早喧翻了天。而此刻,声音明明是从寨沿边传来的。况且,节令已入初冬,秋收早就结束,哪里还有啥粮食可以堆在大院坝里啊!

虚惊一场,心随之平静下来,嘴里涌起一大股苦涩的味道,喉咙里的干渴更不好受,脑壳还有些隐隐作痛。唉,这都是白天婚礼上的酒……

我摸黑抓到放在箱子上的那只特大号搪瓷茶缸,揭开盖子捧起来,"咕嘟咕嘟"喝下几大口,嗨! 真叫回肠荡气。

"快去追啊,新娘子逃婚啦!"

一声喊叫传来,这会儿是那么清晰。啥,

白天刚刚接来的肖秀娟,那么文静、那么秀雅的一个姑娘,结婚的当天晚上就开跑?

我把茶缸重重地搁在箱子上,转身就往茅屋外头跑。

整个寨子都惊动了。前街、后街全是脚步声,差不多每个院坝里的堂屋门、朝门都在响动,婆娘们大惊小怪地嚷嚷,娃崽们的好奇的尖叫,姑娘们你吆我喊地呼群结伴,汉子们愤怒的粗吼,把个小小的深山峡谷里的村寨,闹得似掀天一般。

葵花秆点亮举起来了,马灯从屋头提出来了,一束一束电筒光,在人们的脸上和头顶上晃动着。

"新娘子往哪里跑了?"

"阮忠才咋不把她看牢点?"

"戆包娃儿,早早地就该把新房的前门后

门堵起嘛!"

....

在火把和电筒的光影里,寨邻乡亲们肆无忌惮地议论着。

"也难怪他啊,这个一杯,那个一口,酒给他灌得太多!"

"忠才也太欢了,哪个敬他,他都一口干。再厉害的汉子也禁不住几杯辣口的包谷烧啊!"

"进洞房那阵,他都醉成一摊泥了,新娘子咋不跑。"

....

忽明忽暗的葵花秆火把,映着一张张熟悉的寨上汉子的脸。我倾听着他们你一言我一语地发表着高见。不难分辨,其中有几个,都是白天酒席上的活跃分子。他们喝酒,不是用盅盅，而是用的粗瓷碗。也许，敬阮忠才的酒，有不少都是他们端上的。连我这个外乡客，不也给灌得云天雾地，二晕二晕的嘛。

"各位寨邻，帮个忙，约起人一道去追一追。"一个大嗓门压倒了齐向寨沿边涌去的人流的喧哗，我听出来，这是阮忠才的嫡亲大哥，成家后分家出去单过的阮忠海。

"闹清去向没得？"有人朗声问，"阮家寨跑出去的路有八九条，通四面八方，往哪个方向追啊？"

"往竹林后的豹口垭那根路近，没得错。"阮忠才的姐姐阮忠英，用肯定的口吻道。她的嗓音脆生脆生的，接连几天操持兄弟的婚事，她那脆生脆生的嗓音里，还带着沙哑，另有股韵味："新娘子是往后门跑的，后门外就只竹林里一根路，那路只通豹口垭。前门外屋头，三四桌人在吃宵夜，没人见过她。"

"走啊！往豹口垭去。"哪个好事的小伙一阵吼，挤挤挨挨的人堆松散开了，齐往阮家寨西头的豹口垭方向跑去。

我也随着嚣杂哄闹的人群，撒开腿朝着寨外的山路，不急不慢地跑去。

"方俊生，跑快点！"一圈昏黄昏黄的电筒光在我脚前晃了晃，脆生脆生的嗓音里夹带着沙哑催促着我，阮忠英就在我身后。

我稍放快了点步子，回首问她："真看不出来，新娘子会跑。"

"我们该防到这点，忙哄哄的，闹忘记了。"

"我还替忠才挑了一回鸡笼哩！"

"冤枉跑那几十里路了吗？不碍事，待事情办完，阮家会道谢你。"

阮忠英还笑了几声，我刚把脚步放慢下来，她即把我往边上轻轻一搡，身影一掠，跑到我前头去了。

后面农民举起的火把光影里，她那胖而结实的背影晃动着，一忽儿工夫便汇入了前方的人群，看不分明了。

她心头真焦急。

插队在阮家寨上，我和她一家人，算得是很熟悉的。阮忠才有一张白皙清秀的小脸，乍看去一点不像个农家小伙，更不像山里的青壮农民。但他心地好，我们刚到山寨时，他陪着我们钻进竹林，砍来一根根细长细长的竹竿，修去枝蔓，扛回来搭起蚊帐架架。初初到山寨那几天，差不多好些农民给我们端菜来，腊肉、豆腐、蔬菜、豆豆，时间一久，端菜送到知青点来的农民，寥寥无几、屈指可数了。

而阮忠才呢，即便到了这会儿，我们插队都五六年了，还时不时给我们送点吃的来呢。由于同他接近，自然也认识了他的姐姐阮忠英。说是姐姐，阮忠英只比他大一岁，二十三。二十三岁的大姑娘没出嫁、没婆家，在偏僻山乡算一大怪事了。幸好阮忠英自小聪明，读过四年小学，念完了初小的课本，写得通书信，也能扳扳指头算点加减法。阮家寨上的人推举她当了实物保管，掌着一份权。有一点权力嘛，人们便尊崇她几分，对她二十几了未出嫁的议论，也要收敛一些，至少不敢当着她的面提这话题。三年前，阮家寨农民推选我当了记工员，说是动笔头辛苦，每天给我加一个夜工——三个工分。一年下来，有一千多工分，合一百来个劳动日了。倒不是稀罕这些劳动日，一个劳动日二三角钱，一百个劳动日值多少啊！主要是这劳动日代表着我的劳动天数,劳动天数的多少又代表着我这个接受再教育的知青的劳动态度。所以我就心甘情愿地接下了这个琐碎其实又并不怎么费事的记工员活儿。乡村里的工分,直接同分配有关。农民们唤作"人七劳三",工分多的人,不但现金收入多,工分抢粮也多。因而一遇分配,我这个记工员,就要配合会计、配合实物保管员,及时地打出合计,让保管员根据多少工分把收获的粮食分给社员。经常同阮忠英打交道,互相之间亦便比同其他人更熟悉一点。走动得也多一点。再说,她那点点初小毕业生的水平,实在也是半瓶醋,好些账目,加加减减的,总有错处。随便把本本翻一下,就能抓到几只"虱子"。她在我面前并不忌讳,反而还常常把账本本塞给我,要我抽空把

12

账面上的虱子抓抓干净。

　　刚才她对我说的，全是实心话。新娘子肖秀娟要跑，阮家一大家子人，应该想得到，应该有所防备，这事儿早就有过预兆。

　　是一年多以前的九月初九重阳那天，阮忠才同肖秀娟订婚，忠才家请了族中嫡亲的几个老辈儿，置办了几桌酒。虽说没敢惊动寨上人，可阮忠才家房前屋后、小小的石院坝里，朝门里外，都挤满了人。特别是那些特意脱下平时干活路衣裳的姑娘，换上了一件件新衣服，挤在屋檐下，"叽叽喳喳"、你推我挤地往方格格窗棂里头张望，争着一睹未来新娘子的风采。偏偏在这一天，随着父亲同来阮家的新娘子，特别害羞，说什么也不到堂屋里来坐，只是躲在阮忠英的闺房里头，拉起了窗帘，发誓不肯到人前来。这就更逗起满寨乡亲的好奇心,原先并不想瞅她一眼的人,也全跑来了。

阮忠才谈婚事,像寨上所有年轻小伙或姑娘谈婚事一样,并不是啥秘密。约在两年多以前,逢到正月十五,五月端午,九月初九,阮忠才停下几天活路,穿得周周正正,挑上一副担子,便往女家去了。那一副担子里,除了山乡民俗必须有的一斤酒、一把面条、一瓶酱油、一盒糕饼、一斤糖、一把筷子、一斤盐巴、一瓶油即"八个一"之外,还置备有送给未婚妻的一两套新衣裳,送给未来老丈人的帽儿鞋子,送给女家的腊肉等。阮家寨上的人只见忠才一趟一趟往姑娘家跑,从未见姑娘回访过,常常当着忠才的面询问姑娘俊不俊,绣的袜垫、鞋垫巧不巧?原来,即便是古老的风俗,这些年里也随着时代的变迁有了演变。

媒妁之言、父母牵线串起的恋爱关系，一旦得到男女双方的承认，除了小伙子逢年过节必到女家去问候致贺之外，一年当中，姑娘也会由女伴陪同，来小伙子家耍两三天，在未来婆家的山寨上露个面。肖秀娟直到订婚才刚来阮家寨，想瞅她一眼的人自然就多了。哪晓得，她到了阮家还不肯露脸，这就更使得忠才家的订婚愈加引人注目了。有人说这姑娘一定长得丑，"丑媳妇怕见公婆"嘛；有人说肖姑娘必定是脸皮薄，怕见生人；还有人说她架子大，瞧不起阮家寨人；个别在姑娘进寨时撞见过她的人又肯定地道，肖秀娟长得水灵灵的，抽条条的身子，脸貌盖得过阮家寨所有待字闺中的姑娘……

众人正为见不到人议论得欢，却不料回屋去招呼未来弟媳的阮忠英跑出来报，肖秀娟不见了。

陪着女儿同来的父亲一听这话，脸就变了色。他脸上几颗稀稀拉拉的胡子一阵颤动，两眼充血地跺了一下脚："跑，你给我跑！"继而又指着忠才下令道：

"忠才婿，你吆上几个兄弟，给我去追！她多半是往来路上跑去的。"

阮忠才奉命追去了。未来老丈人的命令，他打了点折扣执行。他并没喊什么伙伴，只身一人，沿着未婚妻和丈人的来路追去了。

有消息灵通的年轻小伙，早把事儿打听明白，肖秀娟托词说要上厕所，溜出了阮家寨，神不知鬼不觉逃回家去了。阮忠才虽没吆喊人同行。好事之徒却自家约起一帮人，跟在忠才后头，也一道追来了。

追出六七里地，阮家寨的小伙们目睹了

一场扭打。

　　阮忠才骑马追上了未婚妻,劝她回寨去。肖秀娟不依,阮忠才便扯住她衣襟和袖子不放,肖秀娟要挣脱,阮忠才就抓得更紧。一来二去的,都是年轻气盛,二十来岁,刚订婚的小两口就在山野田坝之间的小路上扭打起来。最后两个人都说不出谁占了上风,抱滚在地上,你压了我,我也压了你,一直滚落进路边的水田里,两人都沾了满身、满脑壳的泥,站在一边观望的阮家寨人才一拥而上,将肖秀娟半拉半劝地扯回了阮家寨。

　　这以后就从肖秀娟娘家传出了流言,说这肖秀娟在老家对门寨时出外修过水库,在水库工地上背着家人相中了一个对象。父母亲听说了,找到生产队长、公社主任,硬把她从水库工地逼了回来。为让她死心,她的父母又通过媒人,和阮家串上了线。不但肖秀娟在阮家寨不愿见人,往回价阮忠才送礼上门去,她回回都是躲在屋头,闭门不露面。忠才送礼带回寨的袜垫、鞋垫,全都是肖秀娟家父母递的,只对忠才说,秀娟怕羞,不敢当面交,哄得忠才走就算完事。

这些事传到阮家寨上,同宗同族的阮氏老少几代人,不论是七岁就当上爷爷的娃崽,还是七八十岁还属孙子辈的老人,都破口大骂,骂肖家人缺德,骂肖秀娟不该私找野男人,骂肖秀娟父母瞒天过海,几年间少说骗去了忠才家二三千块彩礼钱。

事儿坏也坏在这彩礼钱上。这也是我们古朴山乡传统的民俗形成的不成文规矩。男女双方一旦要毁弃婚约,女方提出,女家要退彩礼;男方提出,彩礼就归女家。那年头,一个劳动日才几角钱,二三千块彩礼钱,要用多少血汗和辛苦劳作去换得啊!忠才家不敢开这声口。肖秀娟的行动倒是证明她要退婚,可她的父母亲不依。于是乎,事情就以急转直下的势头,用了个"快刀斩乱麻"的办法,提早接亲,举办婚礼。

这些事的经过阮家寨人都听说了,脑子转的人都晓得这场婚事酝酿着啥苦涩的滋味。肖秀娟被接来了,说齐天道齐地,阮家也该派专人一刻不离地守着她啊。一时疏忽,瞧,逃婚事件发生了。

只顾随着喧嘈的人流和火把的光影朝前跑,不知不觉间,阮家寨上的灯火被甩在身后了,看不见了。而上坡的山路渐远渐陡,使得追赶的人群不得不放慢了脚步。我大口地喘息着,心头在懊悔不该跑出来。毕竟这是夜半三更哪，跑那么远山路干啥呢？

看稀奇，唯一能解释的便是这好奇心理。另外还有一个勉强过得去的理由，新郎阮忠才同我有几份友谊。可直到此时，我还没听到新郎的一点声气哩。

这么忖度着，我的脚步渐渐放慢下来，比走路快不了多少。并且内心深处还在嘲笑自己，跑那么快、那么急干啥呢？就是我拿出百米赛跑的冲刺速度，跑了个第一，冲到肖秀娟前头去了，我又能怎么样呢。莫非我也要伸手挡住她的去路，莫非我还敢拖她？

四周团转的大山呈现出一股冷峻的威势耸立在那里。秋末冬初的风摇撼着山上的林木，发出阵阵令人恐怖的吼啸，我极力借助前后忽明忽暗的灯光和火把辨别着上坡的山路。

路不宽,且是一路直通豹口垭的。从后头望前面,颤动的人影子不时在火把光亮中映出来。嗬哟,好多的人啊!怕是一整个阮家寨能跑动的人都上了坡。

看到这景象,我才恍然大悟。阮家寨阮家寨,除却我们这几个外来知青和那好酒贪杯、远近闻名的赌钱客邵良贵之外,满寨人全姓阮,忠才兄弟娶媳妇遇到这样的意外,三亲六戚的哪家不关心啊。

"加把劲,跑到山巅上,就能看见新娘子啦!"前头响起忠才家大哥阮忠海的声音,"把新娘子劝回屋头,明天请各位来家喝茶。"

"踢踢踏踏"的脚步声重又沉沉地响起来,寨邻乡亲们边跑边斥骂着:

"没见过这样子的烂货,新婚头一天,就要逃跑!"

"花那么几千块钱，找来这么个鬼婆娘，拖她回去就该捶一顿！"

"上回就是没捶她啰！要依得我啊，订婚那回她逃跑，抓回来就该吊起拿篾条抽。"

"这次追回来，给她讲明了，再跑，打断她的脚杆！"

"嗳，这又过火啰。"

"是嘛，忠才还指望这个俊婆娘替他生个白胖儿子呢！"

"嘻嘻！"

"哈哈！"

············

咒骂、讪笑和埋怨，汇聚成一股嘈杂的声浪，把山野里的风声都遮没了。在这些议论中，我隐隐地感觉到一股被耍弄以后的恼怒，这恼怒的情绪随着越跑越远而愈升愈烈。

"狗鸡巴肏的，老子们欢欢喜喜在那里吃宵夜酒，平地一声雷，说新娘子逃跑了，这不是把笼罩阮家寨一整天的喜气冲走了嘛！"一个醉醺醺的嗓门忽高忽低地响起来，我马上听出这是阮家寨农民中唯一的外姓人邵良贵，一张黑黝黝亮光光的脸上总是眨着一对醉眼惺忪的眼睛。他放开喉咙气恼地跺着脚："抓那偷野男人的骚货回来，剥……剥她皮，抽……抽她的筋！追……追啊！"

听他那声音，就晓得这龟儿又喝得七八成醉了。

"追啊！"如同燃烧的火堆上又添了干柴，郁积在人们心头的不满和怒气喷发出来，大伙儿又都像醉了似的，跌跌撞撞地朝豹口垭上追去。

在山寨上插队多年，我是能理解这股不

满和怨气的。也难怪这些一辈子靠下力、靠挥汗劳作求生存的农民们恼怒啊！在那些年里，要娶个媳妇进家，有多难哪！

就说忠才这回接亲办酒吧。一家人早在两个月之前就忙碌开了。

我插队落户的山乡祝寿、接亲、逢年过节、接待贵客摆酒席，如同这块古老的土地一样，仍还保留着独具特色的民俗风情。穷归穷，酒席还得遵照古朴的规矩来办，一桌酒，得分三个轮次来吃。头一轮是喝酒，能喝不能喝的客人搭配着坐，每桌十人，上酒一斤，下酒菜十二样。凡属鸡、鸭、鱼、肉、果子狸（果子狸，形如狐狸，食山中野果，并没狐狸那一身膻气，肉可吃。）、竹鼬（比兔子略小一些的动物，毛呈烟灰色，脚爪尖利，喜居竹林中。肉可吃。）等一类荤菜，一盘中只有十块或是

24

十片,意即每人只能取一,以示主客之间的平等。一盘菜端上来,十双筷子在长者和主人的邀约下落去,一只盘子也就空空如也了。十二盘菜上完,一斤酒也大致喝尽。于是乎,杯盘撤尽,每人面前只留一双筷子,紧接着便是第二轮。如果说第一轮喝酒颇讲礼仪、依人计数地上菜的话,第二轮吃饭就不一样了。尽管上的菜仍是十二样,但已换盘为大碗,每一碗都装得满满尖尖的,意即现在众人尽可无拘无束地大吃一番,吃到满意为止。吃过饭后,该是第三轮了:吃茶。这里喝的茶不是我们惯常喝的茶,而是当地老乡称之的油茶。即将茶叶在锅里爆炒后冲水加上猪油熬煮而成。开水冲来,茶味浓烈而喷香,老乡们是最喜喝的。喝茶时上的是十二个碟子,碟子里装有瓜子、花生、糖果、饼干,稍和古时不同的，是其中一个碟子里，装的是香烟。客人们守着这第三轮茶水点心，尽可以一边吃喝，一边大摆龙门阵，直至尽兴而散。

山乡虽属偏僻，村寨确实闭塞，但如此讲究的酒席，可谓礼仪周全，堪称文明独特、意味深长的乡风。

而这样繁琐程式的酒席，来宾人数上却又决计不受限制，不知从哪时传下来的规矩，只要一办酒，满寨的男女老幼都要上桌坐席，此谓"遇喜饭甑开"，四乡八寨的亲戚朋友，也都必须赶来祝贺送礼。礼倒是不重，一般客人递个两块钱，落下个名字，就可泰然自若地入席享受了。

试想想，置办如此规模巨大的结婚酒席，忠才家耗费了多少人力、物力、财力。头一条，既是酒席，就得有酒。那几年里，堵资本主义的路,农民不准私自酿酒,而供销社卖出的酒,有规定。一年中,除却过春节按户供应一二斤酒之外,只有在春耕栽秧季节和秋收挞谷时节,才有酒供应。"革命形势一片大好"时,一户可打到个三斤五斤;如若在强调"阶级斗争"时,严格规定,一户只供应一斤酒。酒的来路这么困难,办酒的人家咋个办呢?

开后门。

早在办酒的前一年,至少也得在半年之前,去设法巴结供销社的营业员,或是供销社的头头,或是管供销社的公社主任、副主任,或是与供销社有点关系的什么人。送去腊肉,送去猪油,送去鸡蛋鸭蛋,送去老母鸡,看在这些实惠物资的面上,让营业员答应下来,到时按价卖一二百斤酒。买回来的酒,拿酒鬼邵良贵的话来说,用鼻子嗅一嗅就能闻出来,里头少说也掺了一桶水。

管不到那么多了。酒的问题解决了,第二个大难题就是粮食,说得直白些就是大米。那些年成,年年喊丰收,年年交忠心粮,年年的春末夏初,五荒六月间,还要国家拨回销粮、救济粮下来。一句话,粮食紧张,赶场天包谷的公平价是三角,翻过年还要往上浮动。大米的黑市价,那就更吓人了,秋收之后是五角上下,一翻过年就往六角上蹦。我在乡间度过好几个青黄不接的时节了,那两三个月里,对不起,大米的喊价都是七角。越是粮食紧张,来吃酒的客人越是能吃。忠才家为办这趟婚礼酒席,把秋收分得的谷子全打成了米,尽酒席上用。

"办完婚事,你家五六口人,来年吃啥

呢?"接亲前忠才来请我去替他挑鸡笼,顺便同我讲起屋头的安排,我不由皱着眉头问他。

他那白皙文静的小脸上浮起苦笑:"看来,你这个再教育,接受得差不多了。一开口也能盘算到我们农家的开支。给你亮底吧,爹说了,热热闹闹把事情办完,总能收到点现金礼,拿这笔现金,买些议价粮回来顶。"

"那点礼钱够吗?"

"想这么多,那就只有一辈子打光棍!"

这真是我们上海人说的"穷开心"了。来年的肚皮问题都没着落,酒席还照样办。

迎面吹来的风寒冽冽的,我情不自禁打了个寒颤。毕竟是初冬时节深更半夜的山野,越往顶风的垭口上跑,寒意越重。我愈发懊悔自己盲目地跑出来了。

"哎呀,新娘子跑错了道,跑到豹口垭顶

上去了!"陡地,阮忠英脆生生夹带沙哑的声音,在前头远远的地方传来。

"嗨,当真的呢!"又是邵良贵醉醺醺的嗓门,"这回啊,管保把她抓回来好好收拾。"

"还是不忙收拾,"一个文拖拖的声气随着邵良贵的嗓门响起来,"要紧的是把秀娟劝回新房,一圆了房,她就会认命。"

由于我替阮忠才挑了一回鸡笼,也算是阮家接亲队伍的一员,一下子就听出来,这是陪同新娘子送亲来的舅爷,那个脸庞又青又长的干瘦老汉。他是肖秀娟的嫡亲舅爷,姓啥名啥,一概不知,见他的人都喊舅爷,阮家寨上的人便也跟着喊舅爷。到底是自家人,一听说见了新娘子人影,他马上帮着外甥女说话了。

听说新娘子就在前头了,我也顾不上听

人闲扯，仗着年轻敏捷，三脚并作两步，直往豹口垭上跑去。

不怪对门寨来的新娘子要跑错。这豹口垭，算得阮家寨团转一处出名的地势。即使是在这样的黑夜里，远远望去，也能在青灰色的天幕上，看清那个垭口像只豹子微启的嘴巴，凛凛然有几分骇人。一般外来的过路人，要过垭口，都喜欢往上头那条路走，不愿钻那只"豹子"的嘴。殊不知上头那条路，恰恰是根绝路，一直通向"豹子"的脑壳顶，通向悬崖，无路可去。要过豹口垭，非得从"豹子"嘴里过。

可能真是肖秀娟的命薄，她走岔了道，一气直跑上悬崖，黑夜中寻不到第二条路，在山巅上盲目徘徊，才让我们追上了。要是她壮壮胆从"豹子"嘴里过，一翻下垭口，一路尽是下坡，千山万岭，茫茫黑夜，她真可以找到个藏匿隐身的地方了。

没跑上三五十步，我就看到"豹子"脑壳顶上影影绰绰的黑影了。陡然，有几个举着火把的人爬上了悬崖，在青灰色天幕的映衬下，火把忽闪忽闪被风吹亮的光影里，山巅上显出了二三十个人影。

在悬崖的边边上，一个修长的身影子站在那儿。我一眼就认出来了，这是肖秀娟，抽条条的身子，她身上因结婚而穿上的那件大红的灯草呢衣裳，我都凭感觉看出来了。

"你们不要过来！"肖秀娟的声音在悬崖上传来，尖声拉气的，显得十分紧张，"不要过来，哪个敢过来，我就推他下悬崖去。哪个……敢？"

我不由自主地停住了脚步。站在半坡上

的这个位置，我发现，比站在哪儿都更能清楚地看到山巅上此时此刻发生的一切。不知为什么，我从肖秀娟似是威胁实是恐惧的嘶喊中，听出了一股绝望的声气。

是这声气的刺激，还是山野的寒气，我的汗毛全在那一瞬间竖了起来，上下牙齿控制不住地磕碰着。

没待我往深处去想，悬崖顶上的势态便急遽地发生了出人意料的变化。

随着肖秀娟那声声嘶叫，本欲一拥而上把她往山下拖的汉子们全都不约而同地停住了脚步，站在山崖的一边，像一组群雕般映衬在天幕上。几支高高擎起的葵花秆火把、篾片火把爆飞的火星子，不时萤火虫般飘悠在崖巅上。

走在众乡亲前头的阮忠海，只在肖秀娟

喝叫时迟疑地停留了片刻,便又向前平伸出双臂,朝着弟媳走去了。他那魁伟高大的壮实身影,从下边仰望上去,更显得伟岸粗壮:

"弟妹,弟妹,回家吧,你看……看嘛,寨上那么多人来接你回去……"

阮忠海洪亮的嗓门,打雷似的在豹口垭上下震响着。

"不准过来,你……你不准来!"肖秀娟的声气这会儿变得凄厉恐怖,由山壁上弹回来,直刺我的耳朵。

我极力睁大双眼,极力地不眨一下眼睛,极力地想要捕捉住那最惊险的一刹那,阮忠海铁钳似的双手抓住了肖秀娟,把她像猫儿叼耗子般轻轻巧巧地拉回到人堆中间,或抱或拖或拉或抬地硬劝回寨上去。可……可不等我急切期待的那一刻到来,悲剧就发生了。

肖秀娟尖利刺耳的锐叫没有阻止住阮忠海的脚步,随着阮忠海的迈步,他身后的一帮汉子们也齐向肖秀娟走近去,不,简直是包抄上去,没待他们的包围圈形成,没待他们的身影阻挡住我的视线,那一刻就发生了。

　　我如同是在噩梦之中一般。一切全让我看清了,清楚得仿佛是电影上的特写镜头;一切对我又是那么不可思议,我又好似啥都没有看见。

　　没有惊呼,没有咒骂,没有令人惊心的惨叫,甚至连肖秀娟跌落下深渊去的声音都没听见。

　　一切的一切,似乎都在那一瞬间静止了,凝固了。整个山野,不,整个世界仿佛都在那一刻里沉寂了。

　　我听到的惟一的声音,是从身后传过来

的酒鬼邵良贵的话：

"噢，被推下去了……"

二

在阮家寨上插队落户以来，天天挑粪、耙田、铲敷田埂、薅秧挞谷。繁重原始的体力劳动累得人一歇下来就想睡，失眠症状从来未在我的身上出现过。除了传来些招工、招生的消息，引起我的心绪有点波动以外，可以说，天天晚上脑壳一挨枕头，我就睡熟了。

但是，自从忠才的婚事变成丧事以来，我却睡不成安稳觉了。

肖秀娟是怎么死的？

终归有人要来查的。

这一念头那么强烈地闪现在我的脑子里。查哪个呢？当然是查当事人，查当时在

36

场的目睹者,自然也会查到我的头上。查到我头上时,我说些啥呢?我咋个说呢?是讲自己亲眼目睹的情形,是讲……

仅仅是这么简单,我也不会失眠了。问题的复杂性远不止此,远不止此啊!

"活该!"

舅爷是这么斩钉截铁地回答阮家寨人的。当阮家寨上纷纷扬扬地传开,新娘子肖秀娟如何当着那么多人的劝,抽身跳下悬崖的情景后,舅爷面对忠才一家哀怜的眼神,朝地上吐一泡口水,干脆利索地说了这两个字。

阮家寨上所有的人吁了一口气。舅爷是女方家庭的全权代表。送亲来时,肖秀娟有几个陪送的姑娘,这几个姑娘把新娘子送到婆家,抹过一把脸,嗑完一把瓜子花生,得一顿饱饭吃,便被主人家安顿在寨邻乡亲屋头的闺房去休息。到了一个新寨子，虽同样是山、同样是水的山乡景色，几个陪送姑娘还是兴致勃勃的，绕着阮家寨团转，耍了一个痛快。到了晚上，她们睡得很早，也睡得特别香。难怪她们，一路送来，走了几十里爬坡下坎的崎岖山道，到了以后又应酬，明天还得照样走那么多路赶回去，睡不好那才吃大亏哩！是睡得太沉了，寨上啊吼连天地嚷嚷着"新娘子跑了"时，她们竟然一个也没听见，一个也没起床出来追新娘子，她们是没啥发言权的。舅爷说出的话，就是一锤子定了音。

那么说舅爷已经认定肖秀娟自己跳了崖，认定自己的外甥女是自杀的了。当时他该是在场的，况且他走在我的后头，只要昂起脑壳，就能看到悬崖上发生的一幕。他看到没看到呢？看到了他不会说瞎话，不会对外

38

甥女的死那样嗤之以鼻。他多半是没看到那一瞬间发生的事。我的记忆中，当时同我一样看得清清楚楚的，只有一个人，邵良贵，他还说了一句：

"噢，被推下去了……"

这就证明，他眼睛看到的事情，同我看到的是一回事。我没有看错那令人胆战心寒的一幕，不是我的幻觉，不是我的眼睛看昏花了，而是真切的事实。

可偏是这个邵良贵，这个一天不喝酒就喊骨头痛的阮家寨外姓人，第二天也变了嘴。在寨路拐弯的大沙塘树脚，他把一只小小的药瓶不时地送到嘴边上，咪一口小药瓶里装的酒，咂巴着嘴，仰起泛着光泽的黑瘦脸，眨动醉醺醺的双眼，放开嗓门道：

"我看得清清楚楚，那狗鸡巴的新娘子，

在忠海走近她身边时，抽过身子，仰飞叉叉地就跳下崖去了。啧啧，她以为那下头是弹簧床了，跳下去不会死。”

"你看清了？邵良贵。"有人故意逗起他说酒话。

"一清二楚，水清水白，小葱拌豆腐。嗳，人命关天，我还敢编《聊斋》吗？"说着，"吱溜"一声，他又尖起嘴咪一口酒，一摇二晃地走了。

这下难了，我总以为自己还有个证人，却不料证人翻了口。真正晓得事实真相的，变得只剩下了我一个。

事实是怎么回事呢？

如若那不是我的幻觉，如若我坚信自己的眼睛，那么我看得清清楚楚，是阮忠海把她推下悬崖去的。

在高大粗壮的阮忠海走近新娘子身旁时,肖秀娟的身子朝他趑近一步,两只手就被阮忠海抓住了,她在拼命地挣脱,使得阮忠海身体的重心也向悬崖边沿倾去,就在这一瞬间,阮忠海将肖秀娟重重地一推,借助这一推的力量,他稳住了自己的重心,而肖秀娟则仰面朝天向后倒去。她不及惊叫一声,人就跌落下悬崖去了。在她身子朝后倒的时候,两只手还在青灰色的天幕上撕抓了几下,我都看得十分清楚。

那一眨眼的工夫,我浑身变得透心凉,小腿肚打起抖来,巨大的惊愕使我骇呆了。活到二十几岁,我还是头一次看到一个鲜灵活泼的人怎样摔死。那真是一个惊心动魄的时刻。

我相信所有在场的人都把这一幕看到

了。可他们为啥都说新娘子是跳崖自尽呢？是睁着眼说瞎话？是想责怪死人救活人？是……

阮家寨上原先过起的安澜无波、轻松自在的日子，一天天变得沉闷起来。

为这一念头困扰，我的情绪低落，连话也不愿多说。依照我自小接受的教育，依照书本上的教诲，依照正直的为人，我应该去向公社公安员报告，向区派出所报告，向县公安局报告，把害人凶手揪出来。可是，报告过后，会是个什么局面呢？上面势必派人下来调查，调查就不会只问我一个人，要问好多人，好多人都同我说的不一样，公安人员就会讲我诬告，即使不处罚我，我也别想在阮家寨上好好过下去，一整个寨子，四十几户人家，近三百口人，除却邵良贵，全姓阮啊！拐弯抹角的,他们满寨人都是亲戚,都是同宗同族一家人,而我呢? 我不敢往深处细想。

寨上的人仿佛能猜透我的心思,对我的态度也在不知不觉之间变了。只要我一走到他们中间,不论是在田土边歇气,还是在屋头守着火塘摆龙门阵,过去他们总是挪开身子,提高嗓门招呼一声:

"坐!"

继而会有劝烟的、递茶的。这会儿,他们一见了我,原先在那里热热烈烈说着的话,马上就冷落下来,变成有一句没一句的闲扯。走在寨路上,热情的招呼声也显著减少了,代之以警觉的、戒备的眼神。

插队多年显得那么熟悉的、亲切的山寨世界,给我换上了一副冷漠的脸庞。我的心头情不自禁涌起一股委屈感。我在哪里得罪了寨上人啊？我并没去报告啊！我甚至同任何人都没提起过这件事啊。咳，我真想早早地、快快地脱离这个环境。

惟独忠才一家人，还是像过去那样，一如既往地对待我。不比原先冷淡，也不比原先热情。阮家的婚事变成丧事操办完毕，阮忠英给我端来过一碗油豆腐果。有回洗衣裳，在寨外溪河边遇到她，她热心地抢过我的盆去，拿出我的衣裳来，在捶衣石上狠狠地捶打后，清洗干净。不发生这件事故，她也会这样子对待我的。变化大的倒是忠才，新娘子死了以后，他整个地变了个人，白皙的小脸瘦得更小了，一天到黑阴沉着，闷闷不乐，有几次我都看到，他抱膝坐在后头坡的坟山上，木呆呆地守着肖秀娟的孤坟，任凭冬日的风把他满头长发吹得乱蓬蓬的。

也是山寨上的规矩。在屋外死了人,不能抬进屋去;在寨外死了人,不能抬进寨子。说是免得把邪气带进来。肖秀娟的尸体在豹口垭的深渊里找回来以后,阮家找来一具棺木,直接把她安葬在后头坡的坟山上。哪怕她死了,她终究是阮家的人,结婚证是早些天里就扯好了的。

肖家的舅爷和那几个陪送的姑娘,是安葬了新娘子之后走的,他们总算尽到了义务,既送了亲又送了终。仅瞅他们的脸色,看不出他们有多大的伤心之处,真正为这事儿痛苦哀伤的,是忠才。

那天黄昏,栽洋芋收工后我没有情绪撬火煮饭,锄头往墙角里一扔,一屁股坐倒在小板凳上,身子仰靠着床栏,两眼直瞪瞪地望着门外出神。

进屋后不及随手关上的薄梓板门在风声里"吱呀吱呀"难听地哼哼，远山连绵无尽的曲线在灰暗的苍穹下时断时续，落光了叶子的枝丫颤抖地"嗡嗡"作响，门前的大院坝里，有几束谷草被风吹得溜溜直打转。知青点茅屋里的光线淡弱到仅能辨识物形，我床上挂脏了的帐子，在门外刮进来的风声中飘荡起来。

　　唉，这清苦的、孤寂的偏僻山乡冬天里的日子，快快过去、快快过去吧。若不是为了年终结算，我这个记工员必须留下，我早像其他几个男女知青一样，秋收一结束，就回上海探亲去了。

　　敞开的门洞里出现了一个人的影子，我吓了一跳，定睛一看，是忠才。他手里拎只圆圆的细篾提篮，提篮盖子编得特别漂亮。我是熟悉这只提篮的,逢到他或是忠英给我们知青送点下饭菜来,他姐弟都是拎的这只提篮。

"还不煮饭吃?"忠才一步迈进门槛,声气低低地问。

"噢,先歇歇,"我极力掩饰着自己的烦恼,提高嗓门招呼,"你坐。"

他把提篮搁在灶台边的一条板凳上,颓然在另一条板凳上坐下,长长地叹了口气。

我打量着他。

他真是变了大样,脸上瘦得皮包骨头,颧骨裸凸得有些怕人。原来就是一张小脸,这会儿这张脸更小了,白白的脸皮上挂满了愁惨之色。

我骇然望着他,他也正用可怜巴巴的眼神瞅着我。

"忠才,我晓得你心头苦。"我安慰着他。他是无罪的,他是仅次于死者而值得同情的。事情的真相他一点不晓得,那天酒席上,作为一个新郎官,他被那些自己想多喝点也拼命灌他的人灌得烂醉如泥,让人扶进洞房,他倒在床上,直到第二天早晨起来,他才晓得发生了什么事。

"俊生,"他长声喊着我,一双小小的眼睛里,闪烁着晶亮晶亮的泪光。"我……都怪我,不该醉酒,不该强摘这只不属于我的瓜,不……不该同秀娟在订婚时打架,不……不……不该让大队主任吓唬她……不该……"

哦,看着他追悔莫及地晃着脑壳,看着他那欲哭无声的悲痛样子,我心头明白,这些天里,他一直处在这样的自责自疚的心境中。

也许,他总是翻来覆去地在心头念叨着这几句话罢。是呵,生活就是这样,很多事,常常要等酿成了事故,发生了悲剧,人们才来往深处思考,才来追悔。忠才毕竟是个善良之人,他的追悔和愧疚也有过头之处。婚礼席上醉酒,在偏僻山乡的村寨上,简直是常事,新郎官不醉,才会惹得人喊遗憾呢。就在我插队这些年,寨上接亲那天醉酒的新郎,还少了吗?有的新郎,甚至在洞房床上呕吐得一塌糊涂呢!这才逗人笑,才能在婚事过后,甚至在新婚夫妇有了娃娃之后,还被寨邻乡亲们提起大笑一通。生活在这里的人们,可以发笑的事情实在也太少了一点呀。不该强摘不属于自己的瓜,这倒是句真心的忏悔。不过忠才究竟有啥过失呢,这里的年轻小伙娶妻,大闺女出嫁,走的都是这条途径。他只是没违反乡风民俗罢了。要像秀娟一样，那才会被视为大逆不道哩。退一步讲，往肖家送去了那么多彩礼，他不走赶紧成亲这一条路，又咋个办呢？订婚那天秀娟逃跑，他去追未婚妻，两人抱打着跌进田头，滚了一身泥，好歹把秀娟连拉带劝扯回阮家寨，在秀娟父亲的示意下，阮忠才父亲请来了大队主任对她进行教育，大队主任当仁不让地出马了。他"教育"秀娟的自始至终，都有好些人围在窗户边看，侧起耳朵听。他用的完全是一通训斥咒骂来"教育"她的，岂止是训斥咒骂，他还进行了威胁：念她是初犯，若以后再发生这类事儿，就得来硬的了，吊在梁上拿篾片抽，舀来大粪水淋她的脑壳……怀着一番好奇心理，像小时候看西洋镜，我当初也挤在窗口边，聆听了大队主任对肖秀娟的训词，还多次朝同

50

去的知青挤眼睛、做鬼脸。

可怜的忠才，他把这一切都算作自己的过错，他若是晓得新娘子不是自杀的，而是被……被人推下悬崖去的，他又会作何感想？

冥冥之中，我们俩相对而坐，一句话都没讲，都在各自想着心事。

知青点的茅草屋里已是一片晦暗，除了他脸上那两小点闪闪的泪光，其他的一切我都看不清了。

"忠才，莫太伤心了。"我用知心朋友的诚挚语气对他道。

他哽咽着："人人都这么劝我……"

"是嘛，"我极力在脑子里搜索词语，"人生一辈子，哪个都会遇上点悲痛事。"

"可我遇到的这事，太冤、太不明不白、太想不到了呀。"忠才陡地扯直了喉咙，声音嘶哑地喊起来。一边喊,他一边拿拳头往自己脑壳上捶。

我吓坏了,扑过去,一把抓住他的拳头:"忠才,你冷静点,冷静点。"

"冷静,我冷静不下来,俊生。"忠才哭叫着,凑近了他,我才看到,两行热泪顺着他那窄窄的瘦小的面颊淌落下来。"这几天,屋头人都这么劝我,都要我不想这件事,不要说这件事,我……我连个哭诉的地方也没有啊,呜呜……俊生。"

天擦黑了,入夜以后的风吹得更大了。扑进门洞来的风,把薄梓门板撞得"吱嘎吱嘎"响。我的心头浮起了一片阴云。忠才当然不会晓得,家人为啥非要这样子劝他,限制他,我心头却是明明白白的。可难道,我能把真情跟他讲吗?

我唉叹一声："这样子下去,忠才,我真替你担心。"

"嗯?"

"担心你往后的日子怎么办?"

"没意思,俊生,活下去没意思,我越想越没意思。"

"你咋个产生这种念头? 这种可怕的念头。"

"不怕,一点都不可怕,俊生。"

"你这是厌世。"我向他指出来。

"我是想死。是真的,俊生。"

"为啥?"

"那么苦的日子,一年到头、一天到黑刨泥巴坨坨,到头来还得愁吃、愁穿、愁这愁那。俊生,你是不晓得,屋头为替我置办这场婚事,在外头背了多少债,夜深人静,一家人围坐下来,谈的就是去求这个、央那个!你想想嘛,姐还没出嫁,大哥为我这场婚事,就掏空了家底,大嫂为此同他吵骂打架。可到头来,到头来竹篮子打水……俊生,俊生,你叫我咋个活下去……"

啊,我愕然挺直了身子。在热热闹闹的婚礼场面、在分三个轮次、讲究礼仪的酒席桌背后,还有着多少我不曾晓得的情况啊。

风把门"砰"一声吹关上了,茅屋里黑得不见人影。忠才舔着嘴唇,啜泣着对我道:

"俊生,烦扰你了。你……你撬火煮饭吧,妈让我给你拿来一碗酸菜豆腐,这豆腐是为办席推的,剩下好多,你莫嫌弃。为这场婚事,你还替我挑了一回鸡笼,我真愧对你……"

忠才抹着泪,在我点燃油灯时,从提篮里端出一海碗酸菜豆腐,搁在灶台上,告辞离去了。

我望着那小小的油灯晃悠悠的灯焰,木呆呆地站在那里。心头涌上的,是一股说不清道不明的苦涩味儿。

挑鸡笼。是啊,仍然还是偏远山乡里古朴的风俗,在男家派往女方去迎亲的队伍里,除了挑彩礼的,除了牵马的,除了迎亲的姑娘媳妇,还必须有一个挑鸡笼的。迎亲前两天的晚上,忠才跑到知青点来央求我,为他挑一回鸡笼。他说鸡笼最轻巧,两头的东西加起来不足十斤,就是费脚杆劲,要走山路,去的那天走到对门寨,女家自会有人接鸡笼,招呼我吃饭宿夜。第二天把新娘接回时,再把鸡笼挑回来,就算帮了他的大忙。我瞧着忠才哀求的脸色,念着下乡五六年来他家同我们知青的友谊,又确实想自始至终参加一回婚礼的全过程,摸清那些光听听还不够明白的程序,便一口答应了他。接亲那天我挑起鸡笼离寨时,阮家寨上好些看热闹的男女老幼,都乐呵呵地笑了。想必是看我一米六九的汉子,挑起那么轻巧的担子,有点滑稽吧。我也跟着笑了。不过,从众人望着我的笑脸上,我发现那不是一种赞许、不是一种感激的笑,而是一种讪笑。我开始产生了一点疑惑。接亲队伍是引人注目的,几十里地到对门寨,一路上过村穿寨的,看热闹的娃崽们都会拉起嗓子喊:"看,看这个大汉子挑鸡笼!"于是乎逗来的又是一阵讪笑。我心中的那点疑惑,随着一阵又一阵笑声响起,也渐渐扩大。直至到了肖秀娟家院坝里,从我手里接过鸡笼去的人,一本正经的脸上也陡地憋不住笑了起来。这时候,我已经认定,自己是上了阮忠才

的当,被这个好友耍弄了。但上当也只好上
到底了。答应了人家的事,总得干完啊!其
实,所谓鸡笼挑子,是两样东西,一头是竹编
的鸡笼,里头装一只活鸡;另一头是只礼盒,
礼盒里的红木隔层,装满了各种糕点,上头盖
了点红印。迎亲回家的时候,还是这两样东
西,只不过挑去的是还没生头茬蛋的母鸡,换
成了一只童子公鸡。红木礼品盒里,也换上
了另外一些式样的糕点。当我把鸡笼挑回阮
家寨时,一帮从寨上迎出来的阮家族人,发出
了哄然大笑。跟在大人们身旁的细娃嫩崽
们,更是有板有眼地绕口令一般嚷了起来:

　　方俊生,

　　老懵懂;

　　挑鸡笼,

　　屁眼红;

57

……随着娃崽们长声吆吆的吁喊，人们笑得前倾后仰，我的脸一阵红一阵白地挑着鸡笼走进寨去，脸上的神色故意装得十分庄重严肃，表示对此啥也不知。一偏脸的当儿，我清清楚楚地看见，连那执意不愿骑马的新娘子，也瞅着我笑了一下。

事后我才晓得，挑鸡笼是最低下的活路，一般都没人干。往常人们请来挑鸡笼的，全是些半大不小的娃儿，最大不超过十六岁。而我，堂堂的二十几岁的男子汉，却去替人挑鸡笼，故而犯了猴气，所以要被人骂作"屁眼红"。据说，姑娘们是最不喜欢挑鸡笼的成年小伙的，哪个也不愿嫁这样的男子汉。好在我还算不上一个道道地地的阮家寨人，也从未想过要找个山乡姑娘作对象，全然没把这当回事。

却不料,忠才还牢牢地记着我为他挑过鸡笼,觉得有愧于我哩。

从忠才这次来访过后,几天里时时骚扰着我的那件事,对我来说,变得简单明了了。既然贪酒好杯的邵良贵红口白牙地翻嘴说,肖秀娟是跳崖丧命的,既然肖秀娟的亲舅爷也认为新娘子的死是活该,既然满寨拥到豹口垭去的那么多人都说她是投崖自杀。我,一个普通得不能再普通的知识青年,什么都不讲,只当不晓得这回事,大概也还过得去吧。

只可惜,世间的事,并不以我的愿望为转移。我想回避、想绕开的事,没几天就来了。

那天我在门前坝大土栽洋芋。冬天的风刮得好大,不时地刮起土层表面的尘沙在空中乱撒。有人在打犁沟,有人在犁沟里打窝窝,有人往窝窝里丢牛粪,有人把洋芋种扔进丢了牛粪的窝窝里。我带了一把锄头,给扔进了洋芋种的窝窝壅土。活路并不重,要在农忙时节,这种活是妇女干的。而在较为清闲的冬腊月间,就不分男边女边,一齐都跑到坡上去,混点工分了。是我平时很少干这类活吧,干起来也感觉不到轻巧,壅着壅着,就落在别人的后面,被男子汉们甩得老远,只好同一帮婆娘、媳妇们打堆堆。这些快嘴快舌的婆娘、媳妇,一开始干活便在那里谈笑风生地摆家务事,摆龙门阵,摆得兴头起,干脆你抓起一把土,我扔一块泥巴坨坨,打起泥巴仗来,嘴头上还不干不净地骂些话,唯恐人家听不见,顶着风都要高嗓大门地喊,喊得我浑身不自在。不晓得是咋个搞的,我一句话不说,紧赶慢赶地捏紧锄头把壅,也只能勉强跟上这些妇女们的进度。

"嗳——方俊生在吗?"

远远的田土边,邵良贵双手操起喇叭,朝着我们喊。风把他的声音颤悠悠地送过来。

我直起腰,支起锄头把,深深地吸一口气,大声回答:

"在哪! 有啥事儿?"

"喊你马上回寨子去,上面下来的公安员找你谈话!"

一阵风刮来股尘土,细灰灰扑打上了我的脸。我连忙掏出手帕抹拭着流泪的眼睛。没等我把眼角的沙粒清出来,邵良贵的声音又传了过来:

"听见了啵? 方俊生。"

"听见了。你个酒鬼急啥子? 方俊生的眼睛灌进了沙子,要等一会儿。"有位大婶代我作了回答。

我小心翼翼地清除了眼角那颗恼人的沙粒,仰起脸来想向那位大婶道谢一声时,只见身旁围满了大婶、大嫂、姑娘、媳妇。

我困惑地眨巴着眼睛,正诧异她们为啥要团团围住我,这帮子妇女喊喊喳喳地对我说起来,声气压得低低的,你一言我一语,又乱又杂,却又是听得清楚明白:

"方俊生,我们阮家寨人,几年来可是待你不薄!"

"人家小方晓得好坏。"

"嗳,上面的人找你谈话,你说话可得凭良心。"

"嘴头上挂把锁,该讲的讲,不该讲的……"

"依我看啊,公安员来找你,多半是问忠

才媳妇的事。"

"唉,这家人为娶媳妇,蚀尽了财。"

"听说背了一二千块的债呢!"

"可怜,真叫可怜。婆娘没讨成,家败了半边。"

"还连累上了忠海,他家几个娃崽,可全仗着他养活呀。"

"小方是明白人,哪消你们多嘴多舌。他同忠才是好朋友。"

"同忠英也不错哩,嘻嘻。"

....

七嘴八舌,说什么的都有。听去似有些含糊其辞,实际内容却是直截了当的。说她们是规劝也好,说她们是提醒也可以,理解成她们对我的关心仍不会错。总之,那弦外之音,我心头是完全知道的。直到这时候,我才真正地体会到阮家寨上那股家族势力的强大。如果说她们中有个为首分子,或者说寨上有个德高望重的老辈儿在暗中操纵指使,事情又要简单得多。围着我的这些妇女,恰恰都是不约而同一齐站拢来的,她们说出的那些话,可以说没有一句是事前商量过的。她们你插我的话,我打断你的话,争着对我讲,全都是出于情理、出于自愿。

我佯笑地望着她们,极力使得自己的脸色平静自然,话音坦率真诚:

"我懂,我都懂。只是……我的这根犁沟,要烦……"

"尽管去!"不等我的话说出来,一个粗嗓门的大嫂就打断了我的话:"这根犁沟我们替你壅完。"

"今天这个工,也给你照记工分!"马上有

64

人跟着补充。

我手中的锄头，同时被人一把抢了去："你打起空手走吧。"

围着我的一二十个妇女主动地给我让开了一条道，目送着我朝寨上走去。

在我走离她们的时候，无意间一抬头，只见阮忠英双手支着锄把，站在十几步外，溜圆溜圆的脸上显出一股专注的神情，两眼凝定般盯着我。那一双眼睛里，露出的是捉摸不透的目光。她留神到我在瞅她，赶紧朝着我抿嘴一笑，那笑容是甜蜜的，却不免让我感到来得有点儿牵强。

三

我一脚高一脚低地走出栽种洋芋的田土，踏上田埂的时候，邵良贵的身影从一棵低矮的、绿叶干枯的茶树后面闪出来。

我不料会受到这个人的如此尊重。朝阮家寨上走去的时候，风把我的眼睛吹得一点也睁不开。

"什么人找我?"我想知道得详细一点。

"公社的公安员,姓赵的。"邵良贵的脚步"踢踢踏踏"踩着路面,和我走了个平肩。

"找我什么事儿?"

"嗨,还不是新娘子跳崖那回事。"

"他们找过你了?"

"特意把我喊回来的,到砖瓦窑上喊我的人,还限时限刻的呢。"

这会儿我才醒悟,邵良贵这个酒鬼,已经调到砖瓦窑上去管账了。在村寨上待过的人都晓得,管账是个轻巧活路,不脏不累,还能赚便宜,吃点小小的贿赂,笔头要奸的人,贪污个三块五块,是不会有人晓得的。油水足足的一个位置,竟然落到他脑壳上去了。去年,他仅仅是吵着要当个放水员,扛把锄头在满寨二百几十块水田之间转悠转悠,挖田缺,堵田缺,管点水,闹翻了天,也没让他去当啊。今年这龟儿子的福星高照了。

"嗳,我说方老弟,和人家公安员讲话,你还是撇脱点!"

"咋个撇脱法呢?"说实在的,嘴上是这么答应那些"叽叽喳喳"叮嘱我的妇女,真的到了公安员面前,我还不晓得怎么回答他呢。

"嘿嘿,"邵良贵油光光泛亮的脸上狡黠地一笑。"读书人,连这点都不懂?"

"不懂!"

"你莫装戆了。跟你道明白,寨上人对这事咋个说,你就咋个说。要晓得,你方俊生的命运,可是在阮家寨人手里攥着。"

都快进寨子了,邵良贵不软不硬地甩过来这几句话。

我心头真是恼火。邵良贵是什么东西,既不是干部,又不管知青,连个够资格的贫下中农也不是。他只是山乡里一个二流子般的酒鬼,一个混吃混喝的懒虫,他倒赤膊上阵训起我来了。无赖。

"听清了,公安员在大队会计屋头喝着茶等你!"邵良贵好像也看出了我的不悦,硬邦邦说出几句话,气呼呼地转身走了。

大队会计家的厢房间里新安了个烤火的铁炉子,一进屋,热烘烘的好暖和,长长的烟管里正抽着风,"呼呼"地响。想必是为公安员的到来,把铁炉子重新捅过,风门也全敞开了。

公安员挨近铁炉子坐在板凳上，他好像长得不高，宽肩厚背的，浑身似蓄着蛮力。一张粗硕的脸绷得紧紧的，经常同犯罪的家伙打交道，使他那双眼睛看去十分严厉。

"这是赵亮同志，公社下来的公安员。"大队会计听到我进屋的声音，从正推着磨的堂屋里走过来，递一支烟给赵亮，又抽一支递给我："他来向你了解情况，你好好讲。"

我仔细觑视大队会计的脸色，他的脸上毫无表情，介绍完，又退回堂屋去了。不一会儿，堂屋里又响起"忽隆隆突隆隆"推包谷的响声。

"坐那边。"赵亮的手陡地平伸出来，直指离铁炉子二米来远的一只小板凳，对我说。他那嗓门，与其说是讲话，不如说是在嚷嚷，在朝我喊。

我走近小板凳,一坐下去,马上意识到这场面极像是在过堂审犯人。

　　赵亮居高临下地俯视着我,那眼神有点挑剔,他点燃了烟,端起铁炉子上的茶杯,吹了吹杯子里的茶水,声音很响地喝了一口,而后,便开始了他的盘问:

　　"叫什么名字?"

　　"方俊生。"

　　"是知青吗?"

　　"知青。"

　　"本省的还是外来的?"

　　"上海来的……"

　　"噢,上海知青,你们的名声可不大好啊!赶场天偷饭馆里的馒头,顺手牵羊拿农民的鸡蛋,在寨子上偷鸡摸狗! 搞的什么名堂嘛,哎! 不像话,太不像话!"

我心头来了一阵火,这算啥,冷嘲热讽,干脆把我当手脚不干净的小偷教训起来了。是你来求我给你提供情况,不是我有求于你啊,赵亮先生。

他说话的兴致越高,我的火气越大。

"……好,不扯远了。今天找你,是要来问,你们阮家寨出的……出的一件死人的事儿,想必你是晓得的,晓得吗?"

"什么事儿?"我也恶作剧地反问他。

"莫非你会不晓得?"他的眼一瞪说,"离这里二十多里地的公社都听说了,你在寨上接受再教育,会没听说?"

"你说的是挞谷期间死的那个放牛老汉吗?"我不动声色、一本正经地问他。

"呸! 你想耍我是不是? 老实告诉你方俊生,你的态度给我放老实点! 站起来,站起来回答我。"他恼怒地跺起脚来。

我若无其事地站了起来，轻蔑地瞅着他。

"说，对门寨嫁到阮忠才家来的那个新娘子，是咋个死的？"

"你不是听说了吗？还消问！"

"就是要问你，她是咋个死的？"

"逃婚死的呗！"

"逃婚？逃什么婚，刚刚结婚就逃婚？你说话要负责任。"

"负嘛！"我把大队会计递的那支烟在手上转来转去。

"那好。你说，出事那天你在场吗？"

"在。"

"哼，谅你也不敢说瞎话。实话同你讲，有好多人可以证明那天你在场。"

"在场又怎么样呢？"赵亮说话的语气使

我对他越来越反感。我在心中暗自庆幸，幸好我没到公社去报告事实的真相。早就听说这家伙是仗着造反当上公社副主任的一位近亲出任公安员的，是个草包，却不料他草到了极点。我要是把事实真相告诉了他，他下来一调查，准会栽我一顶"诬告陷害贫下中农"的帽子。

"要你说，"他大概也看出了我的不满，不耐烦地催促道，"逃上悬崖去的新娘子肖……肖什么……肖新娘子是怎么摔下深渊去的?"

其实，从我一进屋，互相介绍之后，他就可以问这句话。哪消他吊高了嗓门，东一句西一句瞎胡扯呢。如果是这样，我还会对他有种信任，也许还会鼓起勇气，说出事实的真相。经他那一番表演，我从情绪上就不想同他持协作态度，更不用说在此之前，有那么多阮家寨人暗示过我呢。

"实在对不起，"我用揶揄的口气道，"我没看到……"

"咋会没看到，咹！"他大吼一声跳起来，打断了我的话，"人人都看到了，你为什么没看到？说啊！"

"人人都看到了，你就不必问我。"我心平气和地说。

"为啥不问你，就是要问你。跟你讲，阮家寨上的人，差不多都姓阮，是同宗同族一大家子。你这个外来知青，是个重要证人。"

当时我在半山坡上，只听得见她嘶喊哪。等我拐个弯也想往'豹子脑壳'上爬去时，她已经落下悬崖去了……"

"胡说，你一定看见她投崖自杀了！"

"你咋个晓得的呢？"我拖长了声气问。

"呃……有人说的！"

"你叫说的人来作证人，不就完了。"说完这话，我朝他冷冷一笑。

堂屋里推包谷的声音，不知从什么时候起停下了。大队会计家几间屋里，都静悄悄的。吼啸着的山风，"轰隆隆"地撞着坝墙。

"好嘛，方俊生，你这个知识青年，我记住你的名字。现在你不愿同我好好合作，以后也别指望……嘿嘿。"

我像忽然被人从身后扼住了颈子，愣怔了一刹那。赵亮虽是个公安员，可他的后台却是公社副主任。我们当知青的，任何一个人要想被招生、招工，都要通过公社头头开会决定，得罪了哪一位公社革委会常委，都不会有好果子吃。但事已至此，我也不能当着这个草包的威胁马上软下来，只有破罐破摔了。

这一念头刚刚闪出,我那忍耐了好一阵的火就爆发开来,我把手中那支没点的香烟狠狠地朝地上一扔:

"你少来这一套。莫说我不晓得,就是晓得,我也不会同你这号人讲。"

说完,我悍然不顾地跑出了大队会计家。把赵亮撇在铁炉子旁边,让他去尽情享受铁炉子散发出的热量。

火头上耍了态度,事后我还有些恐惧。怕这家伙也像平时对待犯了错误的人一样,来个"一骂二打三捆绑,稍不如意就吊梁"。结果,几天过去了,啥事儿都没得。只听说,赵亮在同我谈过话的第二天,就拎着三只老母鸡、一提篓鸡蛋,搭上阮家寨撵出去的马车,回公社复命去了。我心头也在忖度,恐怕新娘子肖秀娟死亡的事件,就此不了了之了。

阮家寨上，一切仍旧变得像原先那样平平静静，无波无澜。日子，又在这重重叠叠的大山环抱之下流逝，像寨外河沟里那条溪流水，不急不慢，按部就班。人们好像忘记了死去的肖秀娟，没有一个人在我的面前谈到过这位新娘子。她的惨死，如同过眼烟云般，在山寨郁闷沉寂的气氛里消失得无影无踪。除了后头坡上新添了一座坟墓之外，新娘子肖秀娟在这块土地上几乎啥也不曾留下。

　　临近年终，我把全寨每个劳力的工分合计总账交给了会计，会计在连夜连夜地加班清算明细账目，现金保管员天天跑粉坊、砖瓦窑、煤场、信用社，尽可能把队上散在各处的现金汇拢来，想使得每个劳动日的工值提高个一分二分。作为实物保管的阮忠英，也在忙着盘仓清库，把历次分剩下来的麦子、菜籽、黄豆、巴山豆、包谷、谷子、荞麦零头分给各家各户。阮家寨上的乡亲，已在盘算着，年终分红以后，咋个花销分到手边的几个可怜巴巴的钱。离春节还有一个多月，山寨上倒开始有了点过节的气氛。

就在那几天里，又有些消息传来了。这种消息，由哪个从外头带进寨子，又由哪个四处传播，永远也弄不清楚，永远也查不明白，但只需半天一晚，新的消息就会传遍全寨，连老人娃崽都会晓得。而一向自以为信息灵通、经常收听广播的知青，却往往还蒙在鼓里。

这回传来的消息事关重大，我也很快晓得了。肖秀娟有个哥哥，在部队里当副连长，当他听说妹子在嫁人的那天跳下深渊死了的消息以后，不知凭啥依据，一口咬定他的妹子绝不会自杀。他给县人武部写来了信,给对门寨写来了信,也给公社写来了信,所有这些信只有一个意思,要查清楚,妹子是咋个死的? 否则,他绝不罢休。

部队上一位现役军人,一个副连长的来信,涉及到他的嫡亲妹子的人命,地方上当然重视。县公安局接受任务了,区派出所插手了,说已经派人到对门寨去,详细了解肖秀娟的为人,她对婚姻的态度,她自找的那个对象提供了一个相当有说服力的依据。说肖秀娟同他商量好了,成亲的那天晚上她要设法逃出来找他……等到那头的情况摸熟摸准,就要派人来阮家寨,作细致的、深入的、详尽的了解,要把案情搞个水落石出。

听到这些消息,我总算长吁了一口气。这以前,我的心上总像堵着一块石头,不,我的心简直像一块石头那么压着我的胸口。我为那无辜死去的新娘子伤心,哦,这是一颗冤死的灵魂,她默默地躺在陌生的山野和土地之间,像那一抔黄土,像后头坡上那些枯萎的青草,无人问津,无人理睬。是的,她生前反抗、挣扎、斗争,她并不是要死,她一点不想葬在那里,她还年轻,太年轻,她抗争的目的是为了赢来真正的爱情,是为了同自己选定的对象结合。可她死了,死了以后还被人说成是跳崖自杀的,她不想死啊……

冬月里,农活轻闲。临近年终结算张榜公布,天上飘飞起了凌毛毛,干脆不出工了。只等分配方案的红榜一公布,各家各户社员对决算结果没啥异议,对自家的工分总账没啥意见,我这个记工员一年到头的事便算告一段落,便可以请假回上海探亲去了。最难熬的是红榜公布前的这几天，队里不出工，茅草屋里又冷，心里忧郁烦闷，一股无从排泄的情绪困扰着我，经常想到新娘子肖秀娟的死，想到阮家寨上面临的即将到来的调查，我不知不觉地就会顺着通后头坡的那条山路，一步一步地走近那座坟山，走到肖秀娟那座孤独的坟墓跟前。

这真是一座孤零零的小坟，和那些集中埋葬的、占着风水地势的座座堆得大大的坟墓比起来，肖秀娟的坟至多只能算个娃娃坟，在坟山的一个角落里占着小小的位置。坟堆团转没有用坚固牢实的青岗石砌起来，坟土是新埋的，坟头上光秃秃的，土层也已经松垮垮的了。几度狂风、几场骤雨过后，野狗豺狼不需花多大工夫，就会把这座坟堆扒开。坟前的石碑又矮又小，上面凿出的字迹就是俯下身去细辨也难以看清楚。坟堆旁边的枯茎野草在萧萧的凄风冷雨中颤抖。望着这堆黄土,我几乎不敢想象,对门寨上秀雅文静的姑娘肖秀娟埋葬在这里。仅仅才是多久以前啊,她还是那样活灵活现、有血有肉、有丰富感情的一个人。接亲那天我看着她从自家屋头走出来,走到院坝里站着,她穿一身红红的灯草呢衣裳,眼神稍显呆滞,尽管旁边不断有人示意她哭,她却始终都没像山乡里所有的新娘出嫁那样放声大哭,在她的眼角边,连泪痕都看不见,在她偶然睁大的眼睛里,也看不到晶莹的泪水,只看到一双灼灼放光的眼睛,眼圈微微发红。大约就是因为她没有表现出过度的悲伤吧,无论是对门寨送亲的一方,还是阮家寨接亲的一方,都以为她见生米煮成熟饭认了命。哪晓得她心中会是自有主张的呢。我真不忍心在这座坟前多站，她死了，这陌生的新娘子生前受人摆弄欺凌，争不到一份起码的爱的权利，死后也得不到一个应有的位置。她太冤、太冤啊，现在唯一值得宽慰的，是她总算还有个哥哥理解她，要来澄清她的死因，要来替她伸冤。想到这，我又情不自禁地在这座孤坟旁久久地徘徊起来。

后头坡是个埋坟的好地方，听说自古以来阮家寨上死了人，都埋在这块地势。这是块风水宝地，站在后头坡上，远可以鸟瞰那伸展到遥远的天际的层峦叠嶂的山岭，那万峰锦绣的壮观，那雾来雾去充满诗情画意的烟雨佳景；近可以看到座座青山环抱之下的门前坝田土，那棋盘似分布的水田熟土，那绕寨而过的清澈的溪水，那一条条弯弯曲曲、通向远处山垭的小路。至于寨子上家家户户的屋脊、院坝和园子更是近在眼前,声声咳嗽、逗娃娃乐、磨刀泼水声都能听得清清楚楚。可这一切,对肖秀娟来说,又有啥意思啊,她活着时对此就是生疏的呀。

这天闲来无事,我踏着溜滑泥泞的山路,到邻寨上去拜访一位教书的知青,两个月前我就晓得他今年不回去探亲,他说过,让我临行前去他那儿一次,看能不能在赶场天买些核桃、板栗请我带回上海。我呢,也想关照他,乡间一有招工或是招生消息,务必给我往上海拍个电报,不要因探亲,错过机会。

从他那儿回到阮家寨,暮霭已经浓浓的了。冬日里的雾气,把挨山而筑的寨子全都笼罩在清冷寒冽之中。想起回到知青点还得煮晚饭,我赶得特别急。

"喂,方俊生,快来!"穿过分配点大院坝

时,阮忠英脆生生的声音在喊我。

我转身一看,那座铺着地板的仓门敞着,阮忠英的身影在门里晃动:

"什么事儿?"

"来拿你的黄豆去,有你一斤三两。"

"我回去拿只塑料袋来。"

"不消了,这里有撮箕。"

我在石砌院坝里蹭着沾脚的泥巴,然后跑进仓房里去。仓房里已是晦暗幽黑,阮忠英那张圆鼓鼓的脸都看不分明了。

"黄豆在哪儿?"

"那只麻袋上头。你称一下,看是不是一斤三两,那只竹撮箕有六两重,一共一斤九两。"阮忠英的声音特别响。

"不称了。"我朝麻袋走去。

阮忠英跟过来,摸了摸我随手提的一只

白布袋：

"这是啥？噢，核桃，哪儿来的?"

"同学让带回上海家里去的。"

"你串寨去了呀！怪不得，左等你不来，右等你不来。东西分过大半天了，家家户户都分走了，就为等你，冻得我够呛。"

"对不起。"

"光在舌头上打个滚，没那么便宜，要罚你!"

"遵命。"我俯身端起麻袋上的撮箕，撮箕沉甸甸的。"这是一斤三两?"

"一斤三两，没错!"她在我腰上重重捅了一下，同时又低语着，"轻点声，戆包，抬起走吧。"

我不吭气了。凭我两只手估量，撮箕里的黄豆，足有七八斤。我的心跳得快起来，以往分东西,阮忠英对我总有点照顾,称完了谷子、麦子或是菜籽,秤再旺,她总还要抓两把,丢进我的箩箩里,表示不让我吃亏。我也晓得,这是她向我表示感谢,每回分东西前,我帮她按人头、劳力算出各家各人应得多少,总要忙上大半夜呢。但是这次情形不同了,手抓一两把,至多三五两吧。七八斤同一斤三两,那差别就太大了。我沉默了片刻,终于讷讷地道:

"忠英,我吃不了那么多。"

说着我就要找东西往外倒黄豆,她急急地抓住了我的手,轻轻跺脚道:

"不识好歹的东西!吃不了带回上海去,你再犯戆,我抽你到谷堆上打滚。"

她轻嗔轻骂地说。她是有这个力气的,盘仓倒库的时候,一百五六的担子,她一挑就走。

我心头仍然有些隐隐的不安，仓房里的东西，是众人汗水换来的劳动果实。我哪能⋯⋯

她又在我肩膀上推了一把："莫不好意思了，晚上，我还请你核对账目哩。"

"核对账目是常事。这⋯⋯"

"走吧走吧，大戆包！"她不耐烦地催促着。在我手背上重重地掐了一把。

我迟疑不决地走出仓房。外面的天黑尽了，几丝凌毛毛飘飞到我脸上，冷飕飕的，寒意更重了。

阮忠英一边上仓门板，一边冲着我说："晚上来帮个忙啊！会计催着要账，没你帮忙，只怕我打通宵也整不出来。"

我答应一声，抬着黄豆和核桃朝知青点

茅草屋走去。一时间,我只觉得脚步好沉重,每迈一步都挺费力的。这七八斤黄豆算啥呢,一个劳动力,能补那么多吗?这是阮忠英对我经常替她算账的报答,还是……一个阴影浮现在我脑子里,我想到了即将来寨上调查肖秀娟死亡的事。

吃过晚饭,我连碗筷也懒得洗,守在地炉火边,望着那吞噬煤块的绿色火焰出神。是的,平时去阮忠英那里帮忙,我毫无顾忌,答应了总去。可今晚上,我却不想去。去了算啥呢,接受她的贿赂,不,简直是内外勾结起来贪污,为了几斤黄豆,多么可鄙,多么下贱。我似乎看见自己前面有个深不见底的陷阱,那我咋还能往前走,往陷阱里跳呢!不,今晚上不能去,明天把事情说清了再去也不为迟。

深山幽谷里的冬月是寒冷的,冬月的夜

晚愈加寒冷。从山垭口那边吹来的风,撕扯着知青点茅屋顶上的谷草,把山墙上头遮风挡雨的篾席吹得"啪啦啪啦"作响。裂口的干打垒泥墙里不时刮进一阵阵阴风,我们几个知青栖息的三大间屋子,只剩下我一个人孤独地过着冬,一张张木床上的竹笆空落落的,啥都没有,更显出了屋内的冷清。地炉火燃起的那点热气,简直抵挡不住茅屋里的寒气。唉,我真不该当这个倒霉的记工员,真不该贪图那一百来个劳动日的工分,真不该一个人留在知青点里过冬。此刻难耐的时光,咋个消磨呢?

哪家院坝里的狗吠了起来,狗咬声伴着吼啸的风声,使我的心绪更觉烦乱和凄清。

有脚步声朝着知青点走来了,会是哪个无聊的小伙或汉子来找我摆龙门阵呢。

薄梓门板上被人敲了几下。

"进来,门没闩上。"我拿起火钩捅着火,头也不抬地说。

门"吱嘎嘎"地推开了,扑进来一股冷风,我不由得打了个寒噤。

"唷,你这屋头好冷。"

我陡地抬起了头。进门来的是阮忠英,油灯光影里,她那张圆溜溜的脸上浮着层笑。

"是你……"

"不欢迎吗?吃饭没得?"她朝我走近来。

"吃了。"

"屋头没收拾完?"她打量着四周,目光停落在没洗净的碗筷上。

"没啥事儿。"

"那你咋还不来帮我?"她柔声问。

"今晚上我不想去。"

"为啥？"她的语声里带着惊讶。

我把火钩朝地上一扔，手指着那只放在桌上的撮箕：

"就因为收了你的黄豆。忠英，我不要多给的黄豆，不要！那是不劳而获。你要我去帮忙，就把这些黄豆倒回仓库里去。"

阮忠英的脸色在急遽地变化，摇摇晃晃的油灯光焰，把她那张白皙的圆脸照得一忽儿阴暗，一忽儿明晰。她先是蹙紧了眉头，满脸不解之色，继而眉毛舒展开了，一脸的惊奇，待我带点粗暴的话说完，她那两条细弯细弯的眉毛耸动着，圆脸抽搐成一团，抽抽搭搭哭泣起来：

"方俊生，我没得恶意……"

"我晓得。"

"我只想着，你……你只分一斤三两，太

少了。推顿豆腐吃,也要三斤黄豆呢。幸好今天全寨分下来,还多一点脚脚,我就全给了你。你……你看这样好不好,你把黄豆收下,明天我把自己家里的,退回仓库。权算我送你……"

"不要。"我冷冷地说,"我把这撮黄豆退回去,现在就退!"

"现在退?"她又向我走近一步,哭着道,"方俊生,小方,现在不行……"

"为什么不行?"

"保管员最忌讳的,就是夜间开仓,让人听见了,会说……我、我给你下保,明天……明天一定退!今晚上,你帮我去核账,我答应了会计,明早晨交账的……"

眼泪顺着阮忠英圆鼓鼓的脸颊淌下来,不断线地淌下来,她那张脸,在油灯闪烁的光

亮中,悲痛地抽动着。我还从来没见她这样
子伤心地哭过。我的语气缓和下来了:

"那么……说定了。明天早晨,我来退黄
豆……"

"嗯。"

"今晚上我随你去核账。"

"多承,多承你,小方。"她破涕为笑,不好
意思地掏出一张手绢,抹着满脸的泪水。
"你……你板着脸,真把我吓坏了。我……我
怕你去揭发哩。"

真揭发了,她会在满寨乡亲面前难以
交代。

我找出了电筒,钢笔,吹熄了油灯,随她
走向忠才家去。

从后街上,进了她那间闺房的后门,能清
晰地听到灶屋的火塘边有一大帮人在烤火,

94

枯枝干柴不时"毕毕剥剥"地爆裂出响声,高高低低的嗓门,此起彼伏"嗡嗡"地传到这边来。堂屋里那只大磨子上,不晓得是在推豆子呢还是推包谷,"咕隆咕隆"有节奏地响着。离忠英闺房不远的牛圈里,一头大牯牛反刍的咀嚼声时不时传来。

这一切都是我熟悉并习惯了的。往常,每隔两三个星期,妇女劳动力几个作业小组的正副组长,都要坐到忠英屋头,一边扎鞋底、绣围腰、奶娃崽、搓鞋底线、打毛衣,一边凭记忆报出她们各组的工分,让我边记边核对。忠英的闺房里,妇女们济济一堂,打着趣,骂着互不伤人的话,有时还要赏娃崽两巴掌,"嘻嘻哈哈"、打打闹闹把应对的工分,全部核对完毕,同时也度过一个欢快热闹的夜晚。来的次数多了,忠英这间屋头的陈设,我也都睡熟了。一张比双人床窄点，比单人床又宽一点的油漆床上，一年四季笼着帐子，垫单上也像我们知青那样，铺一块塑料布。床边有两只铁皮米箱，仔细嗅一嗅，还能嗅出米虫的气味。靠近用白纸糊的小窗子下，安了一只三屉桌，桌子一边放只椅子，一边放条板凳。抵着后门，放着一只乡间的衣柜，里头装着阮忠英一年四季替换的衣裳。满屋子除了门窗之外，四壁都糊着报纸，收拾得还算干净。

我在板凳上坐下，忠英跑到灶屋里，抬来一只破脸盆，脸盆里夹了满满一盆烧得通红通红的炭火。她关紧了两头的门，小屋子里不一会儿就暖和起来，手脚不知不觉间便不僵了。

我把墨水瓶改装的小油灯朝跟前移了

移,摊开忠英放在三屉桌上的账本,说:

"还是老样子,我替你核算,你一笔一笔报。"

"要得。"她欢欣地笑着。他们一家人的皮肤都很白净,脸貌虽不动人,一笑起来,仍然有股魅力。

她坐在我斜对角的椅子上,捧起那本脏兮兮的原始分配账本,一家一家顺着秩序报出数字。

我左手敲打算盘珠珠,右手拿笔,把她报出的数字,一笔一笔核算过后,该加的加,该扣的扣,登上另一本账本。

算清一个作业小组的,我们就扯几句闲话,喝两口茶水,嗑几颗瓜子。

她炒的瓜子很香,盐水里放了糖精,咸中带甜,吃起来有滋有味的。她嗑起瓜子来,又快又利索。瓜子丢进嘴里,脆脆地一声响,几瓣瓜子壳就吐出来了。我没这个本事,吃瓜子用手剥壳,又慢又不卫生,她一边取笑我,一边替我嗑瓜子,嗑出一把瓜子仁,就塞到我手心里来。

"小方,你真好。"

"好啥?好人不生肚脐眼。"熟了,说什么话我都满不在乎的,没往心里去。

"要换了别人啊,恨不得多分几斤豆子,恨不得往自己背箩里多抓几把。可你,有意多给了你,你还不要。"

"那不能要。"我正色道。

"所以我说你好啊。"

"这算啥好,这是做人的基本道德。"

"寨子上,有这种道德的小伙可是不多。小方,你那么好,有……有……有那个……那个……"

"啥？"

"有对象了吗？"

直到她问出这句话，我才感觉到，今晚上，她扯的这段闲话有点儿没头没脑。同时，我也觉察到了，她说话的语气轻柔低沉，脆生脆生的声音压低了嗓门，听来带着股温存。我不由得抬起眼皮瞅了她一眼，哦，她正大睁着一对眼睛盯着我，见我回望她，她的脸上顿时涨得绯红绯红。但她的两眼还是定定地望着我，眼里满是柔媚之色。我的心头怦然一动，什么东西在一瞬间萌醒了。以往，我总把她看作忠才的姐姐，把她当成队里一个小干部，一个保管员，一个和我之间有一道鸿沟的山寨农民。我从来没想到，她还是个姑娘。是的，她长得并不美，这可能也是我从不往男女方面考虑的一个主要原因。她既胖又结实，脸又过分圆了，面颊上的肉圆鼓鼓的凸出来，眼睛旁，鼻翼两边，还长得好多细雀斑。由于她肤色白，那些雀斑就更碍眼。可她仍然还是一个姑娘呀，况且，……况且，今晚上她的头发梳得特别光滑，乌亮乌亮的，前额上还留有一绺刘海，身上的棉袄罩衣，也换上了花色鲜艳的新衣裳。从她的脸上，嗅到了一股浓郁的雪花膏的香味。

"说啊，有了吗?"见我没吭声，她两眼眯缝起来，又问了。

她的一双眼睛不大，也不清澈晶莹，可眯缝起来时，充满了柔情。我装着端详账本，瞥了她一眼，马上苦笑起来：

"没……还没有……"

初初下乡时，我们阮家寨知青点上，六男

二女,一共八个人。同来的两位女生都还算漂亮。只是还没等我弄清是怎么回事,她们都已经有主了。而外寨的女知青呢,就更鞭长莫及了,到哪里去找对象。

"上海城头,也没得吗?"

这就是阮忠英不了解情况了。上海城里的姑娘,怎会找一位已下了乡的知青作对象啊。我又摇了摇头,抓起了钢笔,做一个写字的姿势。写啥呢? 阮忠英不报数字,我无法落笔。

"那你不想找一个?"她接着问,语气更热烈了。

"不想。"

"诓人!"她的声音稍高了些。

"我咋会诓你……"

"你以为我看不出来?"

"你……看出、看出啥？"

"嘻嘻，在这间屋头，记工分时，你的两只眼睛，总是往奶娃崽的人胸口溜。"

我不悦了："胡说……"

她瞅着我，带着欣赏的目光并无恶意地笑了。

她说的情况是有的，山寨上奶娃娃的婆娘，一开起会、评起工分来，就嫌好些人挤在一堆闷热，娃娃一哭一闹，她们就把衣襟撩得高高的，裸露出雪白的胸脯，裸露出一对胀鼓鼓的乳房。初初到山寨插队时，我们这些知青都极不习惯，开会时眼睛都不晓得朝哪儿望，神情很不自然。没料想，连这种情景，也被阮忠英看在眼里。

隔壁机械地响着的推磨声停下来了。"咕隆咕隆"的声音一停，小屋里笼罩着股异样的静寂。原先围在灶屋火塘边摆龙门阵的那帮汉子，不知什么时候已经走散。

"汪汪汪汪汪……"

从寨子另一头，传来一条狗的狂吠声。远远地传过来，更显示出夜的静谧安然。

我陡然意识到，夜已深沉。我同阮忠英两个相对坐着，聊这样的话题，实在太不相宜。要晓得，今晚上同以往不一样，以往时间再晚，有满屋的人。而这会儿，就我同她两个啊。

刚开始核账时她拿进来的那盆炭火，已燃过了大半，不像原先那样红亮放光了，火力也很微弱。屋内的温度，不知不觉降低下来，且还弥散着一股令人窒息的炭火味。

我不自然地仰起脸来："好晚了，只怕过了十二点。还有好多账要算？"

我故意把话题拽回来。

"不多了。就剩下四家了,有两家是两口子的小家。"她说。

"那你快报吧。"

她又开始报了,声气比刚才更低、更轻柔。我随着她报出的数字,一边拨打算盘,一边往本本上记。

"哎呀,你记错了!看,你算盘上是八十三,记在本本上的变成三十八了。"她忽然轻声叫起来,手伸过来,点住我新记下的一个数字,脑壳也倾了过来。"快改过来,改过来。"

我一看,当真是的,连忙改正。改的时候,她的脑壳仍没移开,额颅差不多顶住了我的头,额前那束刘海,不时撩到我的脸上,她脸上擦的雪花膏,伴合着呛人的炭火味,直冲我的鼻子。

我的心"剥剥"地跳得好凶,脑壳里头更乱了。疑虑的浪潮在我内心里翻滚,四肢也觉僵冷得剧烈打抖。

　　她移动身子,利索地坐到我的板凳上,紧挨着我:

　　"这回我要监督着你写,不让你写错。"

　　接着她又报出一个数字。

　　我低头记的时候,她探脸过来,只差贴着我面颊了。她身上那股姑娘特有的气息像烘热的蒸气般把我笼罩了。我脑壳里头整个儿乱了,一阵强烈的寒颤从心头朝身体各个部位扩散。钢笔从我手里落下:

　　"哎唷,好冷!"

　　我掩饰着自己的不安,搓着双手。

　　油灯火焰忽闪了一下,小屋内亮了一点,灯苗儿又恢复原样了。

"你冷吗?"阮忠英耳语般询问着,一扔手里的本子,抓过我的双手,往她胸怀里塞。"我来捂一捂你。"

"不,不……忠英。"我恐惧地往回抽自己的手。

"不要动!"她不容置疑地使劲一逮我,把我的双手拉进她的怀里。

我的心像灶膛般发着热,浑身的血脉鼓胀起来。阮忠英身上像有磁性样强烈地吸引着我,唤起我埋藏心底的温情和渴望情爱的欲求。我的手触到了她贴身穿的棉毛衫,触到了她温热酥软的肉体。我瞅了她一眼,她的两眼火辣辣地紧盯着我,白净的圆鼓鼓的脸庞上涨得绯红绯红,尤其是那些稀稀疏疏的淡淡的雀斑,此时都泛着发亮的光泽。见我在瞅她,她温顺地翕下了眼睑,两片眼皮蝉翼般在颤动。啊，上帝，在微弱的油灯光影里，她这会儿美极了。

我还像个溺水者似的想挣扎："忠英，我该回去了……"

"不要走，不要走！"她发慌地松开我的双手，趁我刚立起身来，还没站稳，她的双手紧紧抓住了我的肩头，眼里闪烁着一道道痛苦的目光。"我求你了，莫走。"

"忠英……"

话没说出口，三屉桌上墨水瓶改装的小油灯，扑闪了一下，亮了那么一瞬间，便熄灭了。小屋子里顿时陷入一片黑暗之中。

阮忠英的整个身子挨近了我，她那滚烫的、细腻柔滑的面颊贴上了我的脸，用只有我一个人听得见的、低柔发颤的嗓音衰弱无力、可怜巴巴地说：

"你看不上我,是吗?"

这声音里仿佛有着啥魔力,我只感到头脑里阵阵眩晕,贴着她的脸是如此舒适惬意,啊,她那圆鼓鼓的脸是那么温热柔软,那么使我欣喜。我张开双臂,带着迟疑不决,带着哆嗦搂紧了她,越搂越紧。

她快活地呻吟般低哼了一声:"我喜欢你,小方,喜欢……"

"好久了吗?"

"好久了。"

"我……我……"我想说我一点也没想到,但又怕说出口来不安。

"你呀,好戆。光要个人来帮忙算账,我不会找忠才? 他也念过初中。"

我说不出话来了,只想更紧地贴近她,俯下脸来瞅她。

她把脸一仰迎了上来:"戆包,连这也不会。亏你是大城市来的……"

我的双眼已经适应了屋头的黑暗,借着微弱的炭火的光,我看到她的一对眼睛灼热地盯着我,嘴唇撅了起来。我把嘴唇伸向她耸起的嘴,紧紧地紧紧地吻着她那润泽的、温软的双唇。

哦,我生平第一个献给异性的吻,给的是一位半个钟头前我还没爱上的姑娘。

凝神屏息的吻使得我们的喘息急促起来,心头也一阵比一阵迷狂和烦乱。我下意识地紧搂着她,仿佛要从她的身上吸收热量。她的双手有力地缠着我的脖子,把整个身子贴紧了我,嗳嗳嗫嗫地说:

"听着,今……今晚上莫走了……"

"嗯。"

·············

这是一个忘我无我的时刻,世界上的一切对我们来说都不存在了,弥散着呛人气息的炭火的光微亮微亮,似在窥视着小屋内发生的一切。床边的两只铁皮箱里,透出股米香味。楼板上,有两只小耗子在"吱吱"叫唤。寨路上的风,撞击着小屋的后门微微颤响,似有啥东西要撞门而入。狗的吠声,也显得懒神无气的。

夜,静谧的、安宁的夜。

夜,骚动的、狂喜的夜。

小屋内声息全无,万籁俱寂,我真巴望这黑暗得如同深渊般沉的夜永远不要结束……不要……

好像堂屋的门外有什么声响,不是守夜的狗,不是猫带翻了锄把,不是圈里的大牯牛在反刍，不是，是轻微的、低沉的嗑嗑撞撞的声音，似乎还有人在低语。不，这声音离得没那么远，就在灶屋里……

我警觉地在床上坐起身子，阮忠英差不多同时坐了起来，裸露的双臂拉着我的膀子：

"咋个了？"

"有人……"我几乎是贴着她的耳朵说。

"啊……"她的声音虽低，却极为惊骇，"那……那咋个办……"

"我走。"我当机立断，在阮家寨这样闭塞荒僻的地方偷情，同一个未婚姑娘光裸着身子躺在床上，一旦败露，不被打个死去活来，落个终身致残，也将受尽凌辱、赤身裸体地拖出去游斗，遭到全体阮姓族人唾弃。恐惧和害怕使我穿衣裳的双手直打抖，连钮扣也扣不上。

"不慌，"阮忠英伸手过来帮我扣着扣子。"我个闺女屋头，没人敢撞进来。进屋时，我把两边的门都闩死了。"

我稍稍定了点心，动作利索起来，一忽儿工夫下了床，鞁上了鞋。

忠英没穿棉衣就扑下床来，突突的胸脯紧贴着我，扯住我的手说：

"舍不得你走，小方……"

我正要入神地侧耳细辨一下。外屋炸雷似的响起阮忠海的嗓门：

"忠英在屋头吗？"

阮忠英全身打了个寒颤，双手紧紧抓住了我，牙齿在"格格"发响。

"在屋头的。怕是早入梦啰。"这是忠英妈平缓的声气，"找她干啥呀？"

"问她见过方俊生吗？"又是阮忠海急急

的问话声。

"方俊生？方俊生不是在知青点茅屋里嘛！"这回是忠英爹在答话了。

"不！"忠才的声音道，"上半夜，他来帮姐核账，这会儿，怕早回去睡了吧！"

"没得！"阮忠海粗声吼着，"我刚到知青屋去过。没得方俊生的影子，才找来的。"

"那也不会在忠英屋头啊，你看那屋头，黑洞洞的，灯也熄了。"忠英妈说。阮忠海的声音愈来愈响："撞鬼了，撞鬼了……这两个人，往常老在一起，会不会裹在一堆睡啊？"

"进屋去看看！"忠英爹喊着。

我心惊神慌地听着，两条腿一点劲儿也提不起来。倒是忠英机灵，她一边无声地将我扯向后门口，一边塞给我一只手绢包，在我耳边低语：

"快，快走，你快从后门走。不要回知青屋去了，我会去帮你收拾，这包包里是钱，你带上直接逃出去，逃回上海去，他们逮住你，啥都干得出来……"

忠英的话让一声怒吼打断了："屋头有说话的声音？忠英，忠英，快开门！"

继而，忠英屋的门山摇地动一般擂响起来。

"哪个呀？"忠英大着胆问了一声。

"快开门，快，忠英，快开门呀！"门上又是一阵山响。

"我还要披件衣裳哪！"忠英的声音完全变了调。

"磨蹭啥哪，不开门，我们砸啦！"屋外的人没丁点耐性。

忠英把我狠狠地朝后门一推："小方，俊生，你快跑，快跑啊，憨包，快！"

她一边尖声拉气地嘶喊，一边扑到屋门背后，用她的身子，死死地抵住门板。

"好啊，那方俊生果真在屋头！"

"抓！抓住活劈了他！"

"爹，你们在这头抓，我去知青屋守着，防备他遂回去！"

....

疾雷似的擂门声中，一声声愤怒的吼叫传过来，我已分辨不清屋那边有多少人，这些话是哪个喊的。在忠英一声比一声焦急的哭嚷中，我拉开门闩，跳出后门，沿着后街通竹林的那条路，一阵没命地狂奔。

起初还能听到忠英闺房里传出的狂叫声、哭喊声、嚷嚷声。等我钻进了竹林深处，确信身后并没人寻踪追来，试着在竹林里辨别方向时，什么声音都听不见了。耳畔只隐隐闻到几声稀稀落落的狗咬，且分不清是阮家寨上传出来的，还是团转寨子上的狗在吠。

四

听从了忠英的劝告，那天夜里，钻出了隐身的竹林，借着月色星光辨清了方向，我寻到一条通山区公路的小道，往砂砾公路走去。

不能回阮家寨，不能回知青点茅屋，我只有像忠英仓促中说的那样，回上海去。

回到了上海，一待下来，就是整整半年。所有的人都可以想象我在上海这半年中有多么颓丧，多么心神不宁，忐忑不安。我唯一的安慰是阮家寨上忠英的来信。

起先我简直不敢有这样的奢望。我总觉

得，我是逃出来了，忠英却要替我受罪，她一家人不知要怎样虐待她。在乡村几年，这种事我是想象得出来的。

她的第一封信是在春节过后写的。收到这封信我真是喜出望外，但也感到有些遗憾。她的信写得太简单了，她只是问候我，要我在上海安心住下去，说我散乱地放在知青屋的一切，她替我收捡好了，她还讲到遭了一顿打，是爹和哥用篾条打的，打得满身都是乌青，最后她说，她惦念着，牵挂着我，有招生、招工消息传到乡下，她会再来告诉我，除却这些，那一张薄薄的信笺，再无任何信息了。

我给她及时回了信，信中感激她的帮助，怕信递不到她手里，我不敢在信上写任何亲热的话。说实在的，百无聊赖地在上海消磨光阴的日子里，我还时时想起那个夜晚发生的一切，那个难以忘怀的夜晚。

从那以后，我天天盼望从遥远的阮家寨上的来信，日子相隔越久，我盼得越为急迫。

可阮忠英再没来信，足足让我瞪直眼睛白盼了两三个月。

冬去春来，上海的马路上、弄堂里到处贴出了欢送上山下乡知青回农村"抓革命、促春耕"的大标语。那些比我先回上海的阮家寨知青，也开始来约请我一道回山乡去。

我焦灼不安、异常慌乱，也不敢答应什么时候走，只是找些理由搪塞、敷衍。我怕回去以后遭到不测。

恰在我最为难的时候，忠英的信又来了。这封比第一封写得更简单。她甚至没讲是不是收到我的回信。她只在信里说我有上调的希望，有厂矿来招知青了！让我快回去填表、补推荐手续。她还补充说我和她的事没人再追究了,她也将在端午出嫁了,她信上写的那个即将嫁去生活的寨子,我听也没听说过,想必离阮家寨很远很远。

忠英没骗我,她听到的消息是确切的,我回去不久,地区农机厂真的到下乡知青中来招工了。这回对上海知青特别优待,注明要在我们县招收二十名男知青。我的推荐手续、填表手续、体检办得都很顺利。连忠英家爹、忠海、忠才见了我,也还点个头勉强笑一笑。我在想,也许,他们为了爱惜即将出嫁的忠英的名誉,故意把对我的不满埋在心底罢。

招工过程中,即将离开山寨的前前后后那段日子,忠英没来找过我,我也不敢去缠她,说真的,也没兴致重温旧梦。她一心一意置办着嫁妆;我呢,被不时传来的一个又一个与招工相关的消息搅得六神无主。揭穿了讲，我们之间并没有真正的爱情。

一个半月之后，我被招进了地区农机厂，当了一名学徒工。离真正有权利结婚成家，还很遥远。

当一场风波彻底结束，当一段经历画了句号，当所有的一切变成了往事，我重又在安定的环境中生活的时候，细细地回想我同阮忠英之间发生的那些事儿，我总有点感到蹊跷，总有点钻进了别人安好的圈套、被人要弄了的感觉。尤其是由此联想到冤死的新娘子肖秀娟的时候。这种感觉究竟对不对呢？我也说不上来，也讲不清楚。坦率地说，我也不敢讲。难道这类男女之间的私情说得出口吗？

于是乎，所有这一切，都成了秘而不宣的

往事,深深地埋藏在我的心底深处,难以
忘怀。

　　至于肖秀娟的死,听说仍被认定是跳崖
自尽。她那在部队上当副连长的哥哥,得到
的也是这样的答复,且附有详细的调查记录。
在调查周密进行的那些日子,我恰巧惶惶不
安地躲避在上海。